吉永小百合の祈り

NHKアーカイブス制作班 編

〝戦後何年〟という
言い方が、ずっと
続いてほしい。

吉永小百合

吉永小百合の祈り　目次

装丁・本文デザイン◎宮川和夫

吉永小百合の祈り

プロローグ――続いてほしい〝戦後何年〟という言い方

二〇一五年は、戦後七〇年。節目の年になります。そこで、NHKの過去の映像コンテンツを放送するアーカイブス番組のひとつ、「NHKアーカイブス」(日曜午後一時五〇分より放送)では、吉永小百合さんをゲストとしてお招きして、吉永さんへのインタビューと、吉永さんが「原爆詩」を語り継がれる姿を記録した番組を再編集して、特別番組を放送することにしました。

この番組「戦後70年　吉永小百合の祈り」は一五年一月四日に放送され、多くの方々の好評を得ましたが、これを放送だけでなく、書籍としてまとめることにしました。それが、この本です。

単行本化にあたっては、時間の関係もあって放送では割愛したなかでも、吉永さんが思いを直接語られた部分などを再現して、吉永さんの〝平和への祈り〟をいっそう伝えられるように試みました。また、話の趣旨をわかりやすくするために若干の補足もおこなっています。

東京大空襲直後に生まれて

七〇年前の、一九四五年三月の東京大空襲直後に、吉永さんは東京で生まれ、戦争の爪《つめ》痕《あと》が残るなか、子ども時代を過ごしました。

高校生の時には、主役を演じた「キューポラのある街」（監督・浦《うら》山《やま》桐《きり》郎《お》、一九六二年公開）が大ヒット。一躍、「清純派女優」として活躍を始めます。

この映画のなかで吉永さんは、工場を解雇された昔《むかし》気《かた》質《ぎ》の鋳物工の父親に向かって、「父ちゃんなんか戦争おこりゃいいと思ってんだろう。自分のことばっかり考えて、自己中心主義！」と、まっすぐに思いをはき出すように語る少女を演じました。

また、二〇歳直前の日記には、「民芸の『アンネの日記』を観た。どんな戦争映画を観るより、舞台から直接受けた感動はおおきい。戦争という、人間個人を無視し、人と人とが傷つけあう魔物、どんなことがあっても防がなければいけない。人間……それは偉大なもの、そしてはかないもの、でも人間の命はほんとうに尊いものだ」(『こころの日記』講談社、一九六九年刊)と、平和への思いをつづっています。

その後も数々の映画で主役を務め、これまで

「キューポラのある街」ⓒ日活

におよそ一二〇本の映画に出演してきました。

その吉永さんが、戦後七〇年の節目に、長崎の原爆をテーマにした映画「母と暮せば」（山田洋次監督）に出演することを決めました。

製作発表の席で吉永さんは、こう語っています。

「〝戦後何年〟という言い方がずっと続いてほしいと思ってるんですね」

もう一つの大切な活動

吉永さんにはもう一つの大切な活動があり

ⓒ2015「母と暮せば」製作委員会

ます。およそ三〇年、ボランティアで続けてきた〝原爆詩〟の朗読。これまで二〇〇回以上の朗読会をおこない、海外にも原爆の悲惨さを伝えてきました。特に大切に思っているのは、子ども達に語り継ぐことです。

生ましめんかな
生ましめんかな
己《おの》が命捨つとも

ちちをかえせ

ははをかえせ

この悲劇を繰り返してはならない、吉永さんは朗読の一言一句に祈りをこめます。

こどもをかえせ
わたしをかえせ

戦後七〇年、吉永小百合さんに平和への思いを語っていただきました。聞き手は桜井洋子アナウンサーです。

第一章　原爆詩との出会い

わたしの戦争体験

桜井洋子アナウンサー　この「戦後」という言葉には、吉永さんにとっては特別な思いがあるんだそうですね。

吉永小百合　そうですね、年齢のことは言いたくないのですけれども、東京の大空襲、一九四五年の大空襲の三日あとに生まれたんですね。ですから、自分の年と戦後何年という言い方が、ずーっとずーっと、繋《つな》がって、付いてまわっています。

日本のことだけ言ってはいけないんですけれども、それでも、日本はずーっと「戦後」であってほしいという思いがしているんですね。

戦後七〇年、七五年、八〇年というふうに、新しい戦争を絶対にしないという、そういう気持ちでみんながいてほしいし、そのために努力しなければいけないとの思いを強くしています。

桜井 そういう思いが「戦後」という言葉にあるんですね。そうしますと、ご自身のなかでは戦争の記憶というものは?

吉永 生まれてすぐに防空壕に入ったと母から繰り返し聞かされて、それで私自身にも、なにかそのような体験が自分のなかにあるんですよね。

それと母はお乳が出なくて、ほとんどまだ食べられない私に、お味噌汁みたいなものを飲まさざるを得なかったとか、私を背負って、東京の郊外の酪農家の方に「お乳を分けて下さい。牛乳を分けて下さい」って言いにいったという話を何度も聞いています。

私、子どもの頃はやんちゃで過ごしました。家のそばに大きなお屋敷があって門だけが残っているんですよ。ほかは全部焼けて、ないんです。それで私たちはそこの所を〝焼け跡〟って呼んで、防空壕の中でみんなで遊ぶことが日常になっていました。小学校に上がる頃までは、防空壕はあったような気がします。

桜井　お父さんも、戦争に行かれたんでしたよね。

吉永　はい。父は戦争に行きましたけれども、病気をしまして、戦地への船に乗るには乗りましたけれども、途中で帰されました。

それで、そのあとに私が生まれましたので、もし父がそのまま戦争に行ってたら、私自身がこの世に存在しなかったというふうに思います。

そうすると、何かとても不思議な気持ちになりますし、こう生まれて、今まで元気でやってこれたというのは、とても幸運なことなんだって改めて思います。

桜井　お父さまから、戦争のお話を小さい頃に聞かれたりということはなかったですか。

吉永　父はほとんどそういう話はしなかったですね。今となっては、もっともっときちんと、どうやってあの戦争が起こって、そして、みんな、その……、うちの家族も、周りの人たちも、どういうふうにその間生きてきたかというのを、しっかり聞いておくべきだったと思っているんです。

学芸会（小学5年、前列左から3人目）

「戦争」「原爆」に向き合うきっかけ――映画「愛と死の記録」

桜井　そういう吉永さんが、戦争ということを身近に感じられるようになったのは、いつ頃なんでしょう？

吉永　戦争っていいますか、原爆のことなんですけれども、映画で「愛と死の記録」という作品をやりました。それは、二一歳のときだったんですけれども、実際に八月に広島に行って、長いこと撮影しました。

映画「愛と死の記録」

（監督・蔵原惟繕《くらはらこれよし》、主演・吉永小百合＆渡哲也、一九六六年公開）

吉永さんが演じたのは、原爆症（白血病）の青年（三原幸雄＝渡哲也）と恋に落ちる女性（松井和江）です。幸雄は四歳の時に被爆。青年となって急に発病して原爆病院で四ヵ月の入院生活をしますが、健康を回復していました。しかし、この恋の最中に病が再発します。

幸雄　その瞬間、四千度の熱線がさっと……。俺はそいつをみたい！　そいつを！

和江　いや！　いやよ‼

幸雄　被爆者じゃいうこと。

原爆ドームの中に立ち、原爆の熱線を見たい、自分は被爆者なんだと憑《つ》かれたように告白する幸雄、それに戸惑い拒絶する和江でした。

幸雄は和江の看病の甲斐もなく亡くなってしまいます。そして和江は、自らその後を追います。

「愛と死の記録」ⓒ日活

吉永　その夏に広島で自分が感じたことというのは、ずっとずっと後まで残りましたね。

だから、戦争のことというよりは、戦争のもう終わる直前に信じられないような大きな悲劇があって、本当にたくさんの方たちが、人間としてじゃなく、もう本当に、なんて言うんでしょうね……。人間の尊厳とかそういうことを無視された形で、この世からいなくなってしまったっていうことを知りました。

もう何度も、何度も、原爆ドームの下で自分が原爆症だったと告白するシーンとか、そういうものをやりましたし、やっているうちにだんだん、だんだん、自分がその役に入り込んでいくような感じがしました。

ですから撮影が終わって完成した映画を観ると、原爆ドームがたくさん映っていて、その情景が胸を刺しますね。

それと、主人公の和江が自殺を図って救急車で運ばれる場面で、それを見ている隣家に住む娘さん役で芦川いづみさんが出演したのですが、左側の頬には原爆でできた大きなケロイドがあったんですね。そのケロイドの映るシーンをとにかく削るようにと、会社の偉い方がおっしゃって、もうそれが許せないって思いがしたんです。

それで撮影所の食堂の前に芝生があるのですけれども、そこに座り込みみたいな形で、スタッフの方たちとね、抗議したことを覚えています……。

まだそういう時代でした。

他人を思いやる優しさの理由――ドラマ「夢千代日記」

桜井 それから一五年後になりますか。一九八一年には今度はＮＨＫのドラマ「夢千代日記」にご出演いただきました。

ドラマ「夢千代日記」

（作・早坂暁《はやさかあきら》。一九八一年二月から八四年三月まで三部作・全二〇話で放送）

吉永さんが扮したのは、亡き母の後を継いで芸者の置屋《おきや》・はる家を営む夢千代。心優しい人と人との交流が、山陰の冬景色とともに叙情豊かに描かれます。

広島での胎内被爆という宿命を背負い、「余命二年」と宣告されながらも、ひたむきに生きる姿を演じました。

「夢千代日記」 ©NHK

吉永　私の中に強く残っています。そのドラマの夢千代という人物は、常に人に優しくして、困ってる人を助けるんですね。

けれども、どうしてそんなに優しく出来るんだろうっていうことを、演じながら考えたんです。これは観音様なのか、マリア様なのかと。本当に人を優しく抱きしめてあげられる人――。

そう考えているあるときに、早坂暁さんがシナリオを書き進めておられて、その中に、「私はもう治らない病気を持った人間です。助けばかりを呼んでいる人間です。ですから、誰かの力になりたいんです。誰かを助けられたら助けたいんです。助けられる間は、私はまだ大丈夫なんです。」っていう台詞《せりふ》がありました。

夢千代は、実際には戦争に遭遇してるわけではないけれども、お母さんのおなかの中で大変な被害を受けて、そして、なんとか頑張って生きていこうという思いの中にいるんです。つまり人を……、人に対して優しくすることで自分を鼓舞してるっていうか、命も限られているのだけれども、しっかり生きなきゃっていうふうに思うんだっていう……。

「あ〜、そういうことなんだ」って、演じていながらなかなか分からなかったんですけれども、「納得した」というか――。あの時期に、あの作品に巡り合ったということは、私にとってはとても大きなことでした。

一番、戦争を追体験したのは、映画「あゝひめゆりの塔」

桜井 そういう意味ではそのドラマ、映画で被爆者の方々の気持ちと言いましょうか、戦争、原爆を追体験されたようなことだと思うのですけども……。

吉永 まあ、追体験とまではいかない……、追体験というのを、一番感じたのは、「あゝひめゆりの塔」という作品でした。

実際に戦うシーンもありましたし、自決するシーンもあったので、その時はパニックのようになってしまって。あの……、演じているんですけれども、もう自分をコントロール出来ないんですね。

ただただ泣きっぱなしで……。それで撮影が終わって実際にその作品を観たら、違うんじゃないかなって思ったんですね。

桜井 泣きっぱなしってのは、気持ちが入り過ぎて？

吉永 入り過ぎてしまって……。

あとで「ひめゆり部隊」の方たちが語ってらっしゃるのを伺ったら、やっぱり、もう信じられない状況のなかで、涙も出なかったっておっしゃってました。それが本当だと思います。

私が、あんなふうに、夢中で、一生懸命やったことは事実なんですけれども、泣き叫んではいけなかったんだっていう、そのときの、自分の、なんというか、反省というものが、今もあるんですね……。

映画「あゝひめゆりの塔」

（監督・舛田《ますだ》利雄《としお》。一九六八年公開）

吉永さんが演じたのは、教員を目指して沖縄師範女子部に通う和子。戦局が悪化する中、一九四四年一〇月、米軍が那覇市を連日、空襲し、師範学校の校舎も焼失してしまいます。沖縄には非常戦時体制がしかれ、和子らは臨時看護婦（ひめゆり部隊）として陸軍と行動をともにすることに。翌年三月には米軍が上陸し、住民を巻き込んだ地上戦となった「沖縄戦」の悲劇が描かれます。

「あゝひめゆりの塔」ⓒ日活

桜井　そういうご経験を通して、戦争あるいは原爆については、どんな思いでいらっしゃるんでしょうか？

吉永　やはり戦争っていうのは、人間を……、人間同士が殺し合うことですよね。

だから、昔から戦争によってどんどん歴史が変わってきたということはありましたけれども、やはりどんなことをしても避けなければいけないし、人間は頭脳ってものを持ってるわけだから、もっともっと考えて、いろんな道を選択すべきだと思っているというか、願っていますね。

原爆は、やはり二度と地球上では使われてはいけない。そのために唯一の被爆国の私たちが、そのことをきちんと知って、それで、世界の人に語っていかなきゃいけないというふうに思ってます。

核兵器を持つことで、安定が保たれてるとか言いますけれども、やはり、これは異常な兵器だと思います。核廃絶ということ……、声に出して言いたいと思います。

短い詩のなかに……

桜井　実は、吉永さんは戦争、そして原爆について書かれた詩、〝原爆詩〟を、ずっと長い間、読み続けていらっしゃいます。

そういう活動をされてこられた、そもそものきっかけは、どういうことだったのでしょうか？

吉永　「夢千代日記」を演じたときに、被爆者の団体の方から、平和集会で〝原爆詩〟の朗読をしてほしいというご依頼があって、渋谷の山手教会という小さなところで朗読しました（一九八六年二月二二日）。

そのときに、二〇篇ぐらいの詩をいただいて、その中から読んでくださいということでしたけれども、初めての体験でした。

短い詩の中に思いが込められていて……。とにかく、うーん……、読んでいて、辛くなるようなものもとても多かったんですね。

でも、子どもたちの詩は――子どもたちは、実際には原爆には遭遇していないんですけれども――、「げんしばくだんがおちると／ひるがよるになって／人はおばけになる」って、そういう詩を広島の子どもが書いていて、それはもう短い詩ですけれども、すべてを表していると思いました。

なかにはプロの詩人の方も書いてらっしゃるし、一般の方も書いてらっしゃって、膨大な詩があったんです。

その全部を読みましたけれども、そうやって表現することで、それぞれの思いを、みんなに知ってもらいたいというふうに、被爆者団体の方々がお考えになったんだなと思いました。

桜井　原爆詩の朗読は、吉永さんにとってはとても大切な活動となっているわけですけれど、被爆地・広島で開かれた朗読会の様子を記録した番組に「祈るように語り続けたい」（一九九七年八月一五日放送）があります。

次章では、この番組で語られた、吉永さんの原爆詩の朗読に寄せる思いをご紹介していきたいと思います。

第二章　祈るように語り続けたい

「序《じょ》」

峠　三吉

ちちをかえせ　ははをかえせ
としよりをかえせ
こどもをかえせ
わたしをかえせ　わたしにつながる

にんげんをかえせ
にんげんの　にんげんのよのあるかぎり
くずれぬへいわを
へいわをかえせ

女優の吉永小百合さんは、原爆の詩の朗読会を各地で開いてきました。その朗読会の初めにかならず読んでいるのが、峠三吉作の「序」です。日本で最初の「原爆詩集」の巻頭を飾った詩です。

吉永さんは、被爆者の体験から生まれた詩を通して、おだやかに、しかし粘り強く平和の願いを伝えたいと言います。

吉永　原爆だけにこだわるということじゃないのですけど、今、地球がいろんな形で汚染されています。特に、核兵器というのが一番大きいと思います。チェルノブイリの原発事故よりもっと大きいのがあったら、本当に地球では人間が住めなくなってしまいます。

ですから、もっともっと私たちは、そのようなことに対して注意深くならなきゃいけないいんじゃないかなと思います。たまたま私は俳優だから、表現方法として詩を読んでいるんですけども、一人の人間としてやりたいことをやってるって感じですね。

広島の被爆者の前での朗読会を決意

その吉永さんが、一九九七年七月、広島を訪れました。吉永さんはそれまで広島の被爆者の前で朗読をしたことはありませんでした。原爆を知らない人たちに原爆を伝えることが自分の役目だと考えてきたからです。

しかし、一一年続けてきた朗読活動の節目として、初めて広島での大きな朗読会を決意したのです。

吉永さんはこのとき、会場となる広島平和記念資料館のホールで、前日からリハーサルをおこないました。異例のことです。この朗読会にかける意気込みが伝わってきます。

吉永さんはそれまでに六〇〇篇にのぼる原爆詩に出会ってきました。いずれも原爆の悲惨さや亡くなった肉親への呼びかけ、平和の願いな

「原爆の子の像」の前で　ⓒ朝日新聞社

どをつづったものです。

この日のリハーサルは、一つひとつの詩を何度も繰り返し、予定を大幅に超えました。


吉永　普通の詩ではないですから。やはりとっても重いことですし、特に広島で読むということは、普通の所で読むのの何倍もプレッシャーがかかります。だけど本当に、被爆なさった方がたくさんいらっしゃいますから、そういう方が聞かれた時に、これは違うって思われたくないって思います……。

私は全然見てもいないし、体験もしていない。単に表現するだけですから、被爆者の方たちの本当の苦しみなんか分かろうはずがないんですけれども、でも気持ちだけは、やっぱり、その……、込めたいというか、思いを込めたってことなんです。

広島の被爆なさった方たちの前で読むということは、自分にとってとても大変なことなんです。けれど、そういう方にも聞いていただけたら、すごく嬉しいですよね。

「ヒロシマの空」

そういう気持ちを込めて、吉永さんは広島の朗読会に詩の作者を招待しようと考えたのです。

しかし、当初は七人の作者の消息がわかりませんでした。昭和二五年に作られた「ヒロシマの空」の作者・林幸子《ゆきこ》さんも消息のわからない一人でした。

「ヒロシマの空」は、八月六日に母と弟を亡くし、一ヵ月後には父親も失い、独りぼっちになってしまった女の子の深い悲しみを描いた詩です。父が亡くなるまでの一ヵ月の日々が詩につづられています。

当時の詩集の編集者を探し、さらに知人の記憶をたどっていくうちに、林幸子さんは東京の立川市にいることが分かりました。

本名は川村幸子《さちこ》さん。林幸子はペンネームでした。

川村さんは結婚後、昭和二八年に広島を離れていました。このときまで川村さんは、原爆詩の朗読のことも、この年の六月に一二篇の詩を朗読したCDを吉永さんが自ら企画し制作したことも知りませんでした。

吉永さんから招待された川村さんは、広島に向かいました。

川村さんの首筋や左の手首には薄れたとはいえ、傷跡が残っています。首筋の傷口は、なか

新幹線で広島に向かう川村幸子さん

なか塞がらず、兵隊さんがピンセットを傷口の中に入れてかき混ぜると、カサカサという音がしてガラスが取れ、手首近くに突き刺さったガラスは中に入ってなかなか取れず、五年くらい後、手術で取り出したと言います。

広島に近づくにつれ、爆風でガラスの破片を浴びた被爆当時の記憶が、川村さんに鮮明に蘇ってきました。

昭和二〇年八月六日、川村さんは学徒動員先の軍需工場で被爆しました。当時川村さんは一六歳、高等女学校の四年生でした。両親と三歳年下の弟との四人暮らし、自宅は爆心地からわずか二キロの所にありました。

原爆が投下されたとき、両親と弟は自宅にいました。川村さんが工場から戻ったとき、母と弟はすでに亡くなり、辛うじて助かった父も一ヵ月後には亡くなります。

一人残された川村さんは、父が亡くなるまでの一ヵ月の日々を、詩につづりました。それが「ヒロシマの空」です。

吉永　「ヒロシマの空」は、いままでも機会があるごとに読んできました。特に若い高校生とか大学生たちに、一番聞かせたい詩なんです。

若い少女の、被爆直後から親、兄弟を亡くして一人でどうして良いか途方に暮れてる姿が、本当に素直に書かれていて、読んでいても気持ちを込めやすい作品だと思います。

私は、戦争の厳しい体験もないし、親から聞いた話だけです。原爆のことも、どんなに悲惨なものかというのも、本などで読むだけで、本当に実体験もないから、できることっていったら、心を込めて、なんとか祈るような思いで朗読するということしかないんですよね。

その気持ちだけはずっと忘れないで、これからも「ヒロシマの空」を読み続けていきたいと思います。

「ヒロシマの空」　林　幸子

夜　野宿して
やっと避難さきにたどりついたら
お父ちゃんだけしか　いなかった
——お母ちゃんと　ユウちゃんが
死んだよお……

八月の太陽は
前を流れる八幡河《やはたがわ》に反射して

父とわたしの泣く声を　さえぎった

その　あくる日
父は　からの菓子箱をさげ
わたしは　鍬《くわ》をかついで
ヒロシマの焼け跡へ
とぼとぼと　あるいていった

やっとたどりついたヒロシマは
死人を焼く匂いにみちていた
それはサンマを焼くにおい

燃えさしの鉄橋を
よたよた渡るお父ちゃんとわたし
昨日よりも沢山の死骸《しがい》
真夏の熱気にさらされ
体が　ぼうちょうして
はみだす　内臓
渦巻く腸
かすかな音をたてながら
どすぐろい　きいろい汁が
鼻から　口から　耳から
目から　とけて流れる
ああ　あそこに土蔵の石垣がみえる

なつかしい　わたしの家の跡
井戸の中に　燃えかけの庖丁《ほうちょう》が
浮いていた

台所のあとに
お釜がころがり
六日の朝たべた
カボチャの代用食がこげついていた
茶碗のかけらがちらばっている
瓦の中へ　鍬をうちこむと
はねかえる
お父ちゃんは瓦のうえにしゃがむと

手でそれを　のけはじめた
ぐったりとした　お父ちゃんは
かぼそい声で指さした
わたしは鍬をなげすてて
そこを掘る
陽にさらされて　熱くなった瓦
だまって
一心に掘りかえす父とわたし

ああ
お母ちゃんの骨だ
ああ　ぎゅっとにぎりしめると

白い粉が　風に舞う
お母ちゃんの骨は　口に入れると
さみしい味がする
たえがたいかなしみが
のこされた父とわたしに襲いかかって
大きな声をあげながら
ふたりは　骨をひらう
菓子箱に入れた骨は
かささかと　音をたてる

弟は　お母ちゃんのすぐそばで
半分　骨になり

内臓が燃えきらないで
ころり　と　ころがっていた
その内臓に
フトンの綿がこびりついていた

──死んでしまいたい！
お父ちゃんは叫びながら
弟の内臓をだいて泣く
焼跡には鉄管がつきあげ
噴水のようにふきあげる水が
あの時のこされた唯一の生命のように
太陽のひかりを浴びる

わたしは
ひびの入った湯呑み茶碗に水をくむと
弟の内臓の前においた
父は
配給のカンパンをだした
わたしは
じっと　目をつむる
お父ちゃんは
生き埋めにされた
ふたりの声をききながら
どうしょうもなかったのだ

それからしばらくして
無傷だったお父ちゃんの体に
斑点がひろがってきた

生きる希望もないお父ちゃん
それでも
のこされる　わたしがかわいそうだと
ほしくもないたべ物を　喉にとおす

——ブドウが　たべたいなあ
——キウリで　がまんしてね

それは九月一日の朝
わたしはキウリをしぼり
お砂糖を入れて
ジュウスをつくった
お父ちゃんは
生きかえったようだとわたしを見て
わらったけれど
泣いているような
よわよわしい声

ふと　お父ちゃんは

虚空をみつめ
――風がひどい
嵐がくる……嵐が
といった
ふーっと大きく息をついた
そのまま
がっくりとくずれて
うごかなくなった

ひと月も　たたぬまに
わたしは
ひとりぼっちになってしまった

涙を流しきった　あとの
焦点のない　わたしの　からだ

前を流れる河を
みつめる

うつくしく　晴れわたった
ヒロシマの
あおい空

吉永さんの朗読を聞き、感激する川村幸子さん
「私はそんなに泣く人間ではないんです。いっとき泣きすぎたものですから。もう涙が枯れたのか、ぜんぜん泣かない人間が、なぜか泣いてしまいました。吉永さんの朗読はとってもすばらしいです。きょう来てよかったです」

子どもの詩四篇

吉永さんが広島での朗読会のために選んだ子どもの詩は四篇。その詩の原稿が広島市立中央図書館に残されていました。

これらの詩の原稿は一九五二（昭和二七）年、詩集『原子雲の下より』（峠三吉編、青木文庫、一九五二年刊）を作るために、当時の小学生たちが書いたものです。この詩集に掲載された一二四篇の詩のうち、七九篇が小学生の作品で占められています。

吉永さんは、その中から四篇を選んだのです。

『原子雲の下より』出版記念会（1952年、前列右端が峠三吉氏）
広島市立中央図書館所蔵

吉永　とにかく、なるべくシンプルで訴える力の強いものを、ということで選んだのですけれども、一つひとつ、みんな訴える力というのは強かったと思います。

またその当時に、一九五二年にあのような詩を子どもたちに書かせたっていうことが、とても良かったと思う。

だから、あの詩を大事にして、これからもいろんな形で、次の世代の子どもたちに伝えていきたいというふうに思っています。

「げんしばくだん」　小学三年　坂本はつみ

げんしばくだんがおちると
ひるがよるになって
人はおばけになる

「おとうちゃん」　小学三年　柿田佳子

にぎやかな広しまの町
そこでしんだ、おとうちゃん
げんばくの雲にのっていったおとうちゃん

おしろのとこでしんだ、おとうちゃん
わたしの小さいときわかれたおとうちゃん
かおもしらないおとうちゃん
一どでもいい、ゆめにでもあってみたいおとうちゃん
おとうちゃんとよんでみたい、さばって*みたい
せんそうがなかったら、おとうちゃんはしななかったろう
もとのお家にいるだろう
にいちゃんのほしがるじてんしゃも
かってあるだろう

＊「だきしめたい」の意味

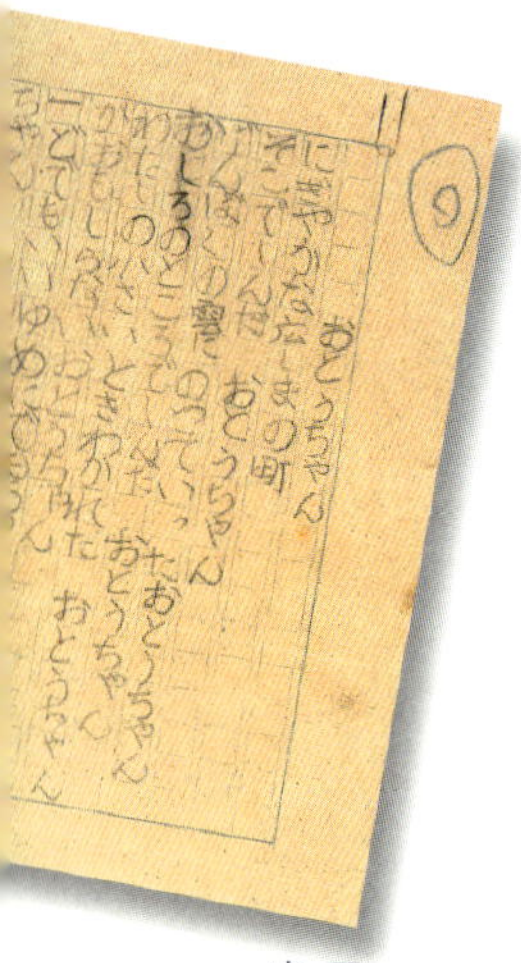

「おとうちゃん」の原稿
広島市立中央図書館所蔵

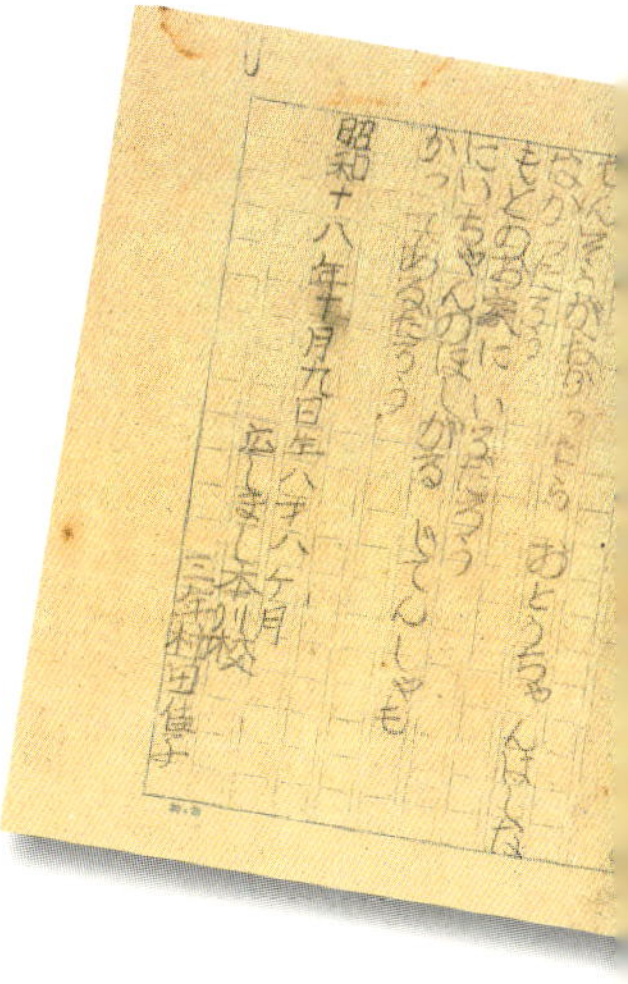

「先生のやけど」　小学二年　かくたにのぶこ

わたしのバレーの先生のくびに
ピカドンのやけどがあります。
わたしはかわいそうね、とおもいました。
おどっていると
手のほうにもやけどがありました。
あつかっただろうとおもいます。

「無題」　　小学五年　佐藤智子

よしこちゃんが
やけどで
ねていて
とまとが
たべたいというので
お母ちゃんが
かい出しに
いっている間に
よしこちゃんは
死んでいた

いもばっかしたべさせて
ころしちゃったねと
お母ちゃんは
ないた
わたしも
ないた
みんなも
ないた

「生ましめんかな」の誕生

広島市の中心街の一角に、一つの石碑がひっそりと建っています。詩人の栗原貞子さんの代表作「生ましめんかな」の詩碑です。

この詩は、原爆投下の二日後、倒壊したビルの地下室で赤ん坊が生まれたという実話が元になっています。

赤ん坊が生まれたのは、爆心地からわずか二キロほどの所にあった旧逓信院広島貯金支局のビルの地下でした。

八月八日の未明、貯金支局に避難していた妊

旧逓信院広島貯金支局
川本俊雄氏撮影／川本祥雄氏提供

婦が産気づきます。

何もない真っ暗な地下室でした。

しかし、その場に偶然居合わせた助産婦が、重傷を負っているにもかかわらず、あらんかぎりの力を振り絞って、赤ん坊を生ませます。

詩人の栗原貞子さんはこの話を伝え聞いてすぐ、詩に書きます。栗原さんは生まれた赤ん坊が〝新しい広島〟そのものだと感じたのです。

栗原貞子　八月の末ですね、その話を聞いたのは。その話を聞いた時、私は、本当に驚いたというか……衝撃を受けました。

「生ましめんかな」を書いたいきさつを語る栗原貞子さん

というのは、毎日毎日、人が死んで、河原へ持っていって焼く。そのような、まるで死に取り囲まれたような状態の中で、あの赤ちゃんが生まれたという話を聞いたものですから。

わたしは本当にびっくりしましてね。

帰ってすぐ古いノートへ書きなぐるように書きました。

原爆投下の翌年、栗原さんは、この詩を『生ましめん哉―原子爆弾秘話―』として自身が主宰する雑誌「中國文化」創刊号（一九四六年三月発行）に発表しました。

「がんぼう」に込めて生きる「赤ん坊」

広島市内に「がんぼう食堂」という名の食堂があります。「がんぼう」とは方言で、

「いたずらっ子」の意味ですが、「希望」という意味も込めて店の名前に付けられています。

この食堂を営んでいるのは、小嶋和子さん（五二歳）。「生ましめんかな」の中で、焼け跡の地下室で生まれた赤ん坊です。

小嶋さんは一一年前（一九八六年）に夫婦でこの食堂を始めましたが、夫は去年（九六年）亡くなりました。今は高校一年生の息子・大士《ふとし》君が手伝ってくれています。

和子さんを産んだ母親は一四年前（八三年）、孫の大士君の誕生と入れ代わるように七一歳で亡くなりました。

モデルとなってしまったことへの思いを語る小嶋和子さん

小嶋和子　生まれてきたっていうことは、そういう中で生まれたっていうことは、なんか意味を持ってるんでしょうけど、それが、なかなか私には……。

だから、あの詩が有名になって、モデルだというのが分かったときは、ちょうど大士ぐらいの年齢、一六歳ぐらいだったから、そりゃあ、悩みました、本当のところ。それは大変だったと思います。私が大士を産んだときは、割と安産で、なんでもかんでも全部、整っている中で産んでも大変なのに、それこそなんにもない、物が全然ないんです、焼けてるんだから、もう。

でも……、やっぱり、母というのは強いんでしょうね。予定日が六日だったのに、六日には生まれなかったから、まあ助かったって言ってましたから。

母は、そのときはみんなが、気持ちが一つだって言ってました。もう、生まれることばっかりで、自分の、それこそ詩の中にあるように痛みを忘れ、何もかも忘れて、私を取り上げることで、みんな必死だって。

「生ましめんかな」は、中学校の国語の教科書にも取り上げられ、和子さんのもとには全国の中学生から励ましの手紙が寄せられるようになりました。和子さんの誕生に、広島の希望をみたという手紙が多いようです。「ちょっと重荷だけど、精いっぱい頑張って生きていくのが私の宿命」と小嶋和子さんは言います。

吉永　「生ましめんかな」はとても難しいと思います。すごく力強いし……。描写もきちっとしてて、その歯切れのよさと、その向こうで一人の女の子の命が誕生していくっていうか、そういう……、叙事詩だと思うんですよ。こう……、聞く人みんなのなかに、そういう状態がぱっと見えるような、そんな感じで読むのは、とても難しいですね。

「生ましめんかな」

栗原貞子

こわれたビルディングの地下室の夜だった。
原子爆弾の負傷者たちは
ローソク一本ない暗い地下室を
うずめて、いっぱいだった。
生まぐさい血の匂い、死臭。
汗くさい人いきれ、うめきごえ
その中から不思議な声がきこえて来た。
「赤ん坊が生まれる」と言うのだ。
この地獄の底のような地下室で
今、若い女が産気づいているのだ。

マッチ一本ないくらがりで
どうしたらいいのだろう
人々は自分の痛みを忘れて気づかった。
と、「私《わたし》が産婆です、私が生ませましょう」
と言ったのは
さっきまでうめいていた重傷者だ。
かくてくらがりの地獄の底で
新しい生命《いのち》は生まれた。
かくてあかつきを待たず産婆は
血まみれのまま死んだ。
生ましめんかな

吉永さんの朗読を聞き、涙ぐむ小嶋和子さん
「なんだか自分がそのときに（あの地下室に）いるような気がして。その人たちの声が私のところに来るような気がしました」

生ましめんかな
己《おの》が命捨《す》つとも

母の思い――「慟哭」

原爆の詩には、生き別れになった母と子や、死んだ子どもに対する母親の思いなど、母と子をめぐる悲劇をつづったものが数多くあります。

吉永さんが朗読する「慟哭《どうこく》」は主婦・大平数子《かずこ》さんが、生涯に一冊だけ残した詩集『少年のひろしま』（草土文化、一九八一年刊）の中の二二篇の詩からなって

大平数子さん（57歳当時）
大平泰さん提供

います。原爆で次男を亡くした悲しみと、生き別れになった長男を案じる母の嘆きを二二篇の詩につづったもので、どの詩にも二人の息子への呼びかけがうたわれていま す。「慟哭」とは、それらの詩の総称なのです。

「しょうじょう　やすしょう」と二人の息子を求め、交互に名前を呼びかけるくだりは、吉永さんの朗読の中で最も印象的な場面の一つです。

吉永　「慟哭」は、私がとても好きな詩で、いろんな表現が直接話法じゃなくて、非常にやわらかい中で、きちっと語られていると思います。

ですから、特にあの……、二人の息子に対する思いが……、短いことばの繰り返し、例えば「しょうじょう　やすしょう」っていう中でとか、「とてつもなくながいよる」というようなところに込められているんですね。

今まで自分が、原爆の詩じゃなくても、ほかの詩集を読んでいても、こういう形のものになかなか巡り合いませんでしたから、驚きがありました。

「慟哭」の作者・大平数子さんは、己斐町《こい》（現・広島市西区）で育ち、己斐で被爆しました。戦後も己斐に住み続け、原爆の詩を書き、原爆にこだわり続けてきました。

大平さんは昭和一〇年、己斐尋常小学校から広島市高等女学校に進みます。卒業後、短い教員生活を経て昭和一六年に文房具店を経営していた大平昇《のぼる》さんと結婚。幸せな日々を送っていました。

しかし、原爆で夫を失い、被爆の一ヵ月後に生まれた次男もまもなく亡くなりました。

大平数子さんの長男・泰《やすし》さんは、被爆当時二歳。爆心地から二・五キロ離れた数子さんの実家にいました。今は中国新聞社で論説委員を務めています。

大平泰　私が被爆したときは二歳と一〇ヵ月でした。三歳になるちょっと前です。その日は母親に負《お》ぶわれて己斐というところにいました。私の実家は十日市という、より爆心に近いところだったんですが、たまたまそこから一キロ半ぐらい西のほうの親戚の家に避難していたわけです。爆風は受けたものの、幸いにもケガはしませんでした。

おふくろに負ぶわれて、己斐の裏にずっと山というか丘があるんですが、そこに逃げて、いわゆる被爆者の人が大変な姿で続々と登ってくるのを迎えるみたいな格好、あるいは、その一

母・数子さんを語る大平泰さん

群になったような格好でいました。当然「黒い雨」も浴びました。

母親は、「とにかくこれは地獄だ。目に焼き付けておきなさい」と言ったというんです。それは、記憶しているのか、あとからそういう説明を受けてインプットされたのか、どっちかよく分からない、あいまいとしたものですが、この目で見てることだけは間違いありません。

あとは断片的で、例えば、十日市の実家に母親が行って、でこぼこのやかんを持って帰ってきて、一生懸命さすってたというのが、あの詩の中にあるんですが、これも、なんか見たような感じがあるんです。見ているんでしょうね。

「慟哭」二二篇の詩の一つ「やかん」のことです。

大平数子さんは、被爆から三日目に自宅に戻りますが、夫の姿はどこにもありませんでした。灰になってしまった十日市の自宅に残された「やかん」が、たった一つの形見でした。

（原爆より三日目、吾が家の焼けあとに呆然と立ちました）

めぐりめぐってたずねあてたら
まだ灰があつうて
やかんをひろうてもどりました
でこぼこのやかんになっておりました
〝やかんよ
きかしてくれ
親しいひとの消息を〟
やかんが
かわゆうて

むしょうに　むしょうに
さすっておりました

傷心の大平数子さんはみずからも肺結核を患います。心の支えだった長男の泰さんをやむなく親戚に預け、数子さんは長い療養生活に入ります。

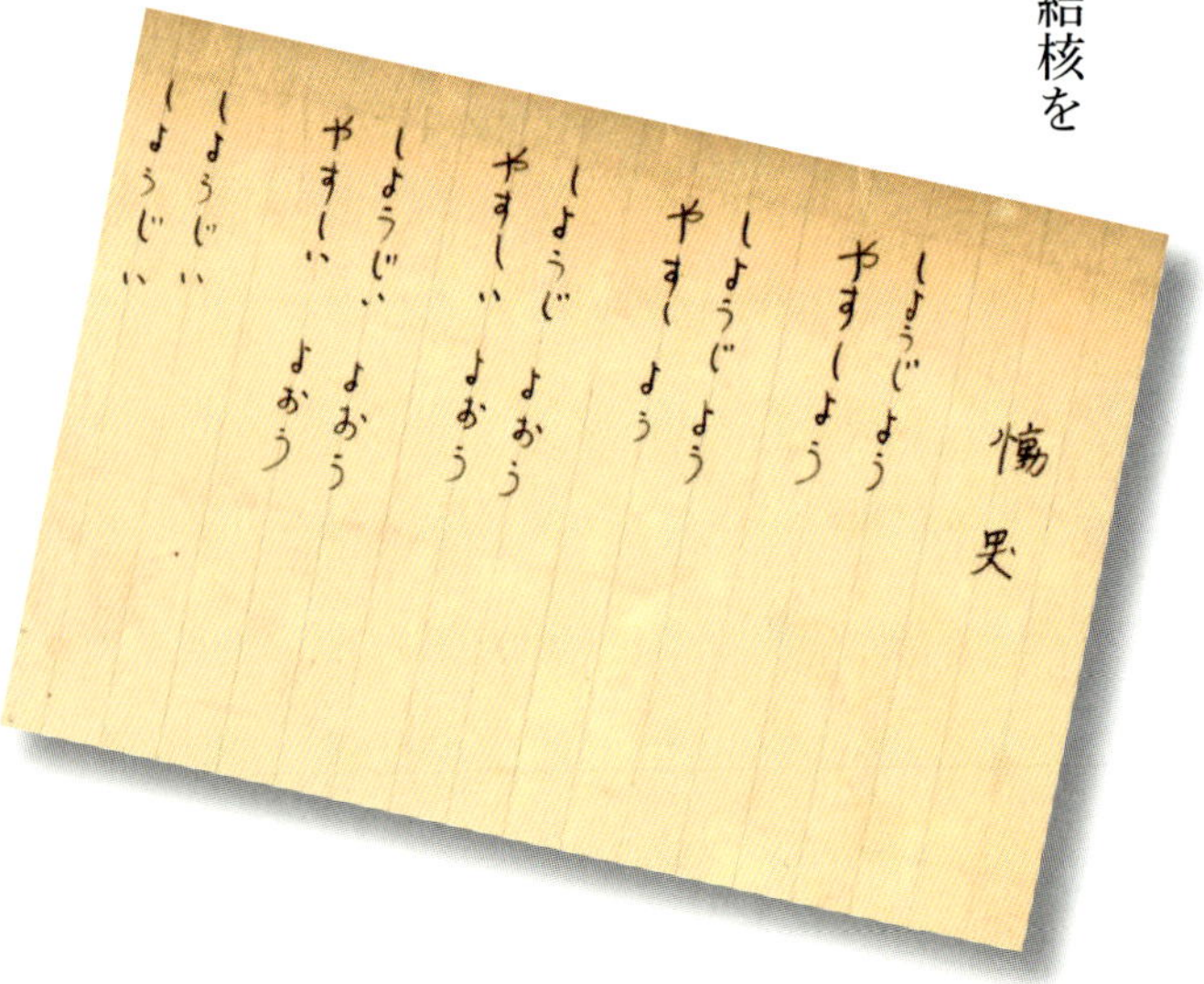
慟哭

しょうじょう
やすしょう
しょうじょう
やすしょう
しょうじ　よおう
やすしい　よおう
しょうじい　よおう
やすしい　よおう
しょうじい
しょうじい

数子さん自筆の「慟哭」
大平泰さん寄贈／
広島平和記念資料館提供

家族の死、自らの病、そして長男との別居。絶望的な状況のなかで数子さんは詩を書き始めました。

原爆で死んだ次男・昇二さん、原爆で生き別れた長男・泰さん、来る日も来る日も母親は二人の息子に呼びかけます。

大平泰　正直に言って、「しょうじよおう　やすしよおう」と叫ばざるを得ないところまで母親は追い詰められていたのだなと思いましたね。

母親にしてみれば自分は、また結核になって療養しているし、私はいろいろ理由があって親戚を転々とした。普通であれば、親と子っていうのはいくら貧乏であっても、なんであっても一緒にいるというのが一番。それが心の安らぎだろうと思うんです。

それができなかったとなると、母親からしてみれば、一人は実際に死んだ、一人は生きてるんだけれども一緒に暮らすこともできないし、話すこともできないということで、ああいう詩になったんだろうと――。

でも、自分だけ、自分の子どもたちだけという感じではなく、もっと広いなあとも思うんです。私や昇二という弟が詩の全編を貫くところの主人公ではあるんですけれども、療養所などで出会った当時の私と同じぐらいの子どもたちへの思いも込めているんだろうと思って読んでいます。

数子さんは、一〇年間に及ぶ療養生活を終え、再び泰さんと暮らし始めます。大学を卒業した泰さんが就職で家を離れると、数子さんは生まれ育った己斐の児童館に勤め、子どもたちの世話をしながら、「慟哭」を詩集にまとめました。

そして、一九八六（昭和六一）年、六四歳で亡くなりました。

「慟哭」

大平数子

1

逝《い》ったひとはかえってこれないから
逝ったひとは叫ぶことが出来ないから
逝ったひとはなげくすべがないから
生きのこったひとはどうすればいい
生きのこったひとはなにがわかればいい

生きのこったひとはかなしみをちぎってあるく
生きのこったひとは思い出を凍らせてあるく
生きのこったひとは固定した面《マスク》を抱いてあるく

2

夜をこめて
板戸をたたくは風ばかり
おどろかしてよ
吾子《わがこ》のかえると

今日は
何処をいくやら

3

（原爆より三日目、吾が家の焼けあとに呆然と立ちました）

めぐりめぐってたずねあてたら
まだ灰があつうて
やかんをひろうてもどりました
でこぼこのやかんになっておりました
〝やかんよ
きかしてくれ
親しいひとの消息を〟
やかんが
かわゆうて
むしょうに　むしょうに
さすっておりました

4

坊さんが来てさ
くろいきものを着てさ
かねをならしはじめると
母さんにみつめられて
あかるいとう明《みょう》のむこうに
おまえたち
てれているのさ
ぽろ　ぽろ
いとすいせんの匂う下で
母さんに叱られたとき
おまえたち

やったように
ちょっと
泣きそうな顔なのさ

5

よその国からひとがきて
何んとかいう鐘《かね》を吊《つ》っていんだげな
えらいひとがきて
はしのような墓をたててくれたげな
「安らかに眠って下さい」
いうたげな

まだようねんと
今夜も
わたしと歩くんかい

6

月夜
もうねたかい
もうねたかい
まだかい

もうねたろう
はよう

ねてくれよ

7

よんでいる
だれかがよんでいる
むこうのほうでよんでいる
くずれながら
よせてきながら
母《ママン》――
どこかでよんでいる
母《ママン》――
沖のほうでよんでいる

8

夕方

はなやの前をとおると
はなたちが一せいにこっちをみる
チューリップも
スイートピーも
アネモネも
ヒヤシンスも
それから
フリージャも
みいんな
手をだして

つれてかえってくれという
母さんにだかれていたいいう

9

ゆうやけ　こやけ
あーしたてんきになあれ

からすがなきなきかえったよ
みいこちゃんちにあかりがついた
さあちゃんちにあかりがついた
しょうじんちにあかりをつけよう
やすしんちにもあかりをつけよう

10

失ったものに
まちにあったかい灯がとぼるようになった
ふか　ふか　ふかしたてのパンが
ちんれつだなにかざられるようになった
中学の帽子が似合うだろう
今宵かじるこのパンを
たべさしてやりたい
はら一ぱいたべさしてやりたい
女《おんな》夜叉《やしゃ》になって
おまえたちを殺したものを
憎んで、憎んで、憎み殺してやりたいが

今日
母さんは空になって
おまえのために鳩をとばそう
まめつぶになって消えていくまで
とばしつゞけよう

11

しょうじよう
やすしよう
しょうじよう
やすしよう

しょうじよおう
やすしよおう

しょうじいよおう
やすしいよおう

しょうじい
しょうじい
しょうじいい

12

風さん　風さん　風さん
あなたが世界中をくまなく吹いて
どこかでわたしの子どもをみかけたら
わたしが
待って　待って
待ちくたぶれて
それでも
のぞみをすてないで
まだ
待っているからと
あの子に伝えて下さいな

お月さん　お月さん　お月さん
あなたは
一年　三百六十五日
そうしてあるいておいでだから
あなたは何んでも見えるでしょうから
わたしの子どもが
みちが多くてかえれないと
泣いていたなら
まよわずまっすぐ帰ったらいいと
おしえてやって下さいな

がん（雁）さん　がんさん　がんさん
あなたがかえっていく北の国に
もしも
わたしの子どもが寒さにふるえていたなら
わたしが
おまえをさがしていたと
子どもにいって下さいな
月のいいばんには
ふえをふいて待っているとあの子に告げて下さいな
雨のふるばんには
高下駄をならして帰ってくるみちを歩いていると
あの子に告げて下さいな

つばめさん　つばめさん　つばめさん
あなたがいたみなみの国に
もしや
わたしの子どもが
帰るのを忘れてあそんでいやしないでしょうか
あの子はものおぼえのいい子だから
きっとわたしを思い出してくれるでしょうけれど
みなみの国はあったかいから
みなみの国は、いっぱい、いっぱい、花が匂うているから
花の香りにむせて
わたしの子どもが帰るのを忘れているかも

知れないのです
もし
あなたがわたしの子どもをみかけたら
わたしが待っているから
と、あの子に告げて下さいな

13

ザク　ザク　ザク
山里にみぞれ降る
ゆきの重さ
かなしみの重さ

14

とてつもなくながいよると
とてつもなくみじかいひると
とてつもなくながいよると
とてつもなくながいよると
とてつもなくながいよると
とてつもなくながいよると

15

子どもたちよ
あなたは知っているでしょう

正義ということを
正義とは
つるぎをぬくことでないことを
正義とは
〝あい〟だということを
正義とは
母さんをかなしまさないことだということを
みんな
母さんの子だから
子どもたちよ
あなたは知っているでしょう

いつまでも　へいわに　せかいをまもろうよ

吉永　私自身は、これらの原爆詩を祈るような気持ちで読んでいますし、その祈りが聞く人にも伝えられたらというふうに思います。

これから、また来年、再来年と自分が自分のできる範囲で、この自分の、なんと言うんでしょう、生きがいみたいな形で関わっている朗読に、どうやって携わっていけるかっていうことで、あの……、うん……、結果が出ると思うんですけど、私が生きてる間は結果が出ないかもしれないけど……。

一九九七年八月六日、五二回目の広島原爆の日。この一年間で亡くなったり、新たに死亡が確認されたりした原爆死没者は、五〇〇〇人を超えました。

被爆から半世紀を越えて、被爆体験を受け継ぎ伝えていくために、吉永小百合さんの原爆詩の朗読は続きます。

「燈籠ながし」　小園《おぞの》愛子

ぴかり　ぴかり
ぽっかり　ぽっかり
あおいとうろう
あかいとうろう
ゆうらり　ゆらり

ながれていくの
とおいところへ
ながれていくの
十万おくどへ
ながれていくの
いくつも　いくつも
百も千も万も
もっとたくさん
つづいてながれて
いくのね

それはね

とおいとおいむかしなの
おそろしいげんばくが
おちたの　ひろしまへ
そして一ぱい一ぱい
そのかわで
しんでしまったの
その人たちが　きょうは
十万おくどからひろしまへ
あいにきたの
あかい火をとぼしながら
あおい火をとぼしながら
あんなおそろしい

げんばくなんか
もう
おとさないように
いつまでも　へいわに
ひろしまをまもろうよ
日本をまもろうよ
せかいをまもろうよ
うちゅうをまもろうよ
なみにゆられて
とおいむかしをおもい出して
ささやいてるの

ぴかり　ぴかり
ぽっかり　ぽっかり
あかいとうろう
あおいとうろう
ゆうらり　ゆらり
ながれていくの
とおいところへ
ながれていくの
十万おくどへ
ながれていくの
いくつも
いくつも

百も千も万も
もっとたくさん
つづいてながれて
いくのね

――初回放送一九九七年八月一五日「祈るように語り続けたい　～吉永小百合・原爆の詩12篇～」より――

原爆詩を語り続けることへの思い

桜井　ここまで、吉永さんが一九九七年に、広島で原爆詩を読まれた時のことを中心にご紹介してきたわけですが、その時のことを覚えていらっしゃいますか？

吉永　それ以前にも広島の安田学園の女学生のみなさんに、学校の講堂で聞いていただいたりということはしてたんです。
　ただ、大きな会場で、実際に詩を書かれた方とか、詩のモデルになった方とかが聞いて下さるということは、初めてのことでしたから、もうとても緊張しました。とにかく思いを一字一句、心を込めて読みたいと思いました。

桜井　実際にお会いになっているのですよね、書かれた方に。

吉永　みなさん、その当時の思いをしっかりと詩に書かれていて、「生ましめんかな」のモデルのお嬢さんも、あのモデルになったことで、ずっとずっととてもプレッシャーがあったとおっしゃいましたけど……、息子さんとこれからも一緒にお店をやっていかれることだと思います。
　やっぱり「生ましめんかな」というのは、子どもたちにも読んでわかってもらえる詩なんですよね。だから、ずっと続けていきたいと思っています……。

桜井　長く読んでこられた、その思い。お仕事もお忙しいですし、そういうなかで続けてこられた、その気持ちというのはどういうものがあったのでしょうか？

吉永　そうですね、一九八六年に最初に読んでからは、読まずにはいられないという思いです。

こんな詩があったんだという驚きがありましたし、それを自分だけが知ってるんじゃなくて、これからの、大きくなっていく子どもたちとか、いろんな人たちに知ってもらいたいという思いでやってきました。

もちろん、被爆なさった方たちに対して、亡くなった方たちに対して、どうか安らかにという思いもあります。

この原爆詩を読むということは、相当に力がいることというか、自分の中でエネルギーのいることで、大げさに言うと、自分の身が削られるんじゃないかと感じるときもあるんです。

でも、それを読むことによって、自分自身が少し成長できるというか、ものを考えられるようになるというか、そんなところがあります。

桜井　吉永さんは若い世代に原爆詩を伝えるということに、特に力を入れてらっしゃいます。

二〇〇七年には、子どもたちと一緒に原爆詩の朗読会をおこないました。その様子を記録した番組に「思いを受け継ぐ子どもたちへ」（二〇〇七年八月一五日放送）があります。次章では、若い世代に原爆の悲劇を伝えようとされている吉永さんの取り組みを、この番組からご紹介したいと思います。

第三章　思いを受け継ぐ子どもたちへ

子どもなりの受け止め方を信じて

二〇〇七年六月二四日、沖縄戦の「慰霊の日（二三日）」に合わせる形で、子どもたちと一緒におこなう初めての朗読会を東京で開きました。それは一人でも多くの子どもたちに、平和への願いを受け継いでもらいたいという、吉永さんの試みでした。

この本番の二週間前、吉永さんは東京・目黒にあるひばり児童合唱団のけいこ場を訪れました。ひばり児童合唱団は、子どもの頃、吉永さんが通っていた思い出の場所です。ここで発声の方法を学びました。

一緒に朗読をする八人の子どもたちは、吉永さんのことをあまりよく知りません。まだ、漢字が読めない子もいます。

けいこ場で、そんな子どもたちとの朗読会の練習が始まりました。

吉永　原爆詩を読むことで、彼らが大人になった時に、もっと強い思い出を持つだろうと思うんですね、歌だけを歌うのではなくて。

それで、そういう子どもたちの中からまた、この詩を語り継いでくれる人が現れるかもしれないし、やっぱり子どもなりの受け止め方があると思うんです。

だから、私が全部読むよりは、大人たちに対して訴えるものがあるんじゃないかと……。今回の朗読会では、子どもたちにすごく期待しています。

朗読会で取り上げられる「帰り来《こ》ぬ夏の思い」は、長崎の原爆で重傷を負った少年が母を探す詩です。子どもたちが担当する部分では、一番長く、難しい内容。これを小学二年生の男の子二人が分担して読むのです。

詩の内容が子どもたちには難しいことは、分かっていました。吉永さんはそれを承知で、子どもたちに朗読をしてもらうことにしたのです。すぐには理解出来なくても、いつかはこの経験が生かされると思うからです。

戦争のことをほとんど知らない子どもたちに、吉永さんが丁寧に説明を繰り返します。

吉永　原爆のことって聞いたことある？　あのね、太陽よりももっともっと熱い、すごい熱がパッと一瞬にして人間を焼いてしまったの、ね。

だから、この子どもは、やけどをして、すごく痛いわけ。それで、母さんはもうどこに行ったか、ぜんぜん分からないの。

だから、必死で母さんを探しているのね。だから、そのお母さんを三回、「母さん、母さん、母さん」って呼ぶところあるんだけれど、そういうところは、本当にお母さんどこにいるんだろうという思いで、独りぼっちになっちゃって、本当につらくって、自分ももうすぐ息も絶えそうで……。「絶えそう」って難しいね、死にそうになっている。そんな感じ。

練習の合間に「原子爆弾は、また落ちるの?」と、不安げに駆け寄ってきた少女にも、吉永さんは少女の髪を撫でながら優しく語りかけま

ひばり児童合唱団のけいこ場で朗読の練習をする子どもたち

す。「これからもし原子爆弾が落とされたら大変なことになっちゃう。だから、落とさないようにって祈って、今度ひばりのみんなも私たちも朗読したり歌ったりするの」一人ひとりを見つめ、子どもたちの負担を思いやりながら、本番の段取りが決められていきます。

一週間後、再びけいこ場で練習がおこなわれました。何度も何度も繰り返し練習がつづきます。吉永さんは子どもたちの朗読を、まるで母親のように見つめています。

吉永　とっても進歩していますね。最初にオーディションがあって、その一週間後に練習があって、そしてまた一週間たって練習して、なかなか良くなっています。

たとえば、「帰り来ぬ夏の思い」を読んでくれる子は小学校二年生なので、「ぼくがぼくでなくなる」ということを説明しても、それをまだまだ理解できることではないし、とても難しいとは思うんです……。

ただまっすぐに読んでもらえればいいと思っています。

本番前日のリハーサルは四時間にもおよびました。こうして迎えた本番当日、子どもたちによる原爆詩の朗読が始まりました。

「帰り来《こ》ぬ夏の思い」　下田秀枝《ほづえ》

一、黒い雨の降りしきる中
ぼくは母さん　探しています
のどがからから

水が欲しいよ　母さん
やけどの手足が
ひりひり痛いよ　母さん
さっきの青空
どこへ消えたの　母さん
母さん　母さん　母さん
お願い　返事をしてよ　母さん
なんだかぼくは
もうぼくでなくなるよ

二、炎の雨の降り注ぐ中
ぼくは母さん　探しています

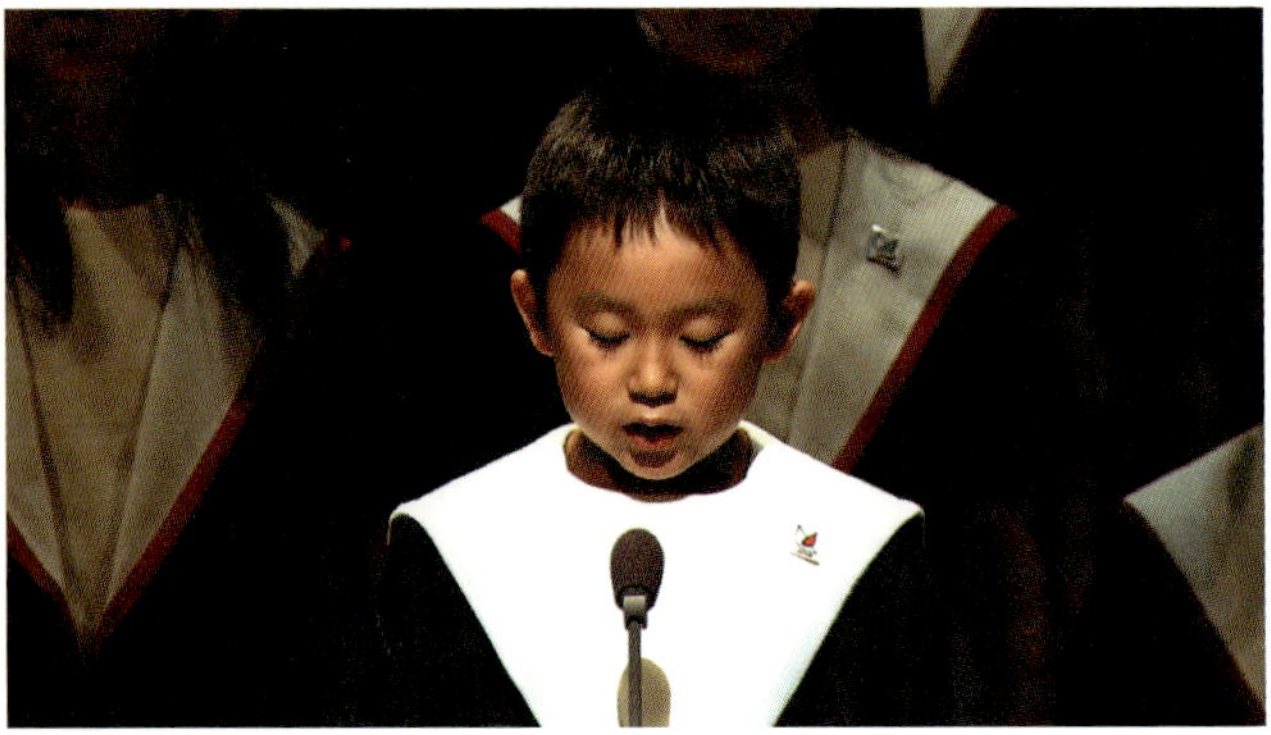

「母さん　母さん　母さん」

回りがだんだん
熱くなってくよ　母さん
ぼくのおうちは
どこへいったの　母さん
さっきの話の
続きをしてよ　母さん
母さん　母さん　母さん
早くここへ来て　ぼくを抱いて
もうじきぼくは
もうぼくでなくなるよ

三、目を閉じて　ごらんなさい

見えるでしょう　炎と灰に埋もれる街
聞こえるでしょう
　母と子どものすすり泣き
帰り来ぬ夏の
　あの呪い　あの思い

——初回放送二〇〇七年八月一五日「吉永小百合　思いを受け継ぐ子どもたちへ　～平和への祈り～」より——

次世代に語り継ぐために

桜井　子どもたちとご一緒に原爆詩を読まれて、どんな感じを持たれましたか？

吉永　最初はどうなるかと思ったんですけれども、やってるうちに子どもたちが、本当に自分の中に取り入れて、本番ではとてもしっかりと読んでくれたんです。なんかもう、みんなを抱きしめてあげたくなるような感動でした。

子どもたちと読むことは、私が考えたことなんです。一人で読むよりは、せっかくだから一緒に読んでみようって。

でも、最初の段階では、これは、ちょっとうまくいかないんじゃないかなというふうに感じてしまったのですけれども、やっていくうちにわかってくれたんです、思いが伝わって……。

伝えようとすることは、ばぁーっと誰もが受け止めて下さるわけではないけれども、でも、そうやって少しずつ、次の世代に伝えられればと思います。

桜井　そういう思いもあり、もっといろんな人に知っていただきたいということで、吉永さんは一九九七年に、一二篇の原爆詩の朗読をおさめたＣＤ、「第二楽章」を発表されました。
そのCDのジャケットに使われた画は男鹿和雄さんとおっしゃって……。

吉永　スタジオ・ジブリで、ずっと美術監督をなさっていらっしゃった方ですね。

桜井　これは吉永さんが男鹿さんのところに頼みに行かれたそうですね。

吉永　ジャケットをどういうふうにするかということでは悩んでいました。むき出しのものではなくて、その悲劇は伝えたいけれども、でも、ふっと見たときに「あっ、きれい！」と思ってもらえるような作品はないかしらというとき

「第二楽章」
1997年発売

に、男鹿さんの画集を拝見して、「あっ！　この方しかいない」と思って、無理矢理にというか、本当にお忙しい方なんですけれどもお願いしたんです。

それと同時に、私が朗読した詩に音楽を一緒に付けたいという思いもあって、村治佳織さんのギターを、ぜひ、この詩にのせたいとお願いしました。

まだ村治さんは高校生で、デビューしたての、とってもフレッシュな方でしたけれども、そういう方、若い世代に弾いてもらって、なにか生きる力みたいなものを、詩の向こう側に感じさせたいと思ったんです。

村治佳織さん

CD制作をきっかけに、吉永さんと村治さんはその後たびたび共演（2015年9月、長野県松本市で開かれた朗読会）
©朝日新聞社

「第二楽章」というタイトルに込めた願い

桜井　そしてCDのタイトルは「第二楽章」。

吉永　はい。「第一楽章」は、どちらかっていうとリズムがあって、割に大きな音で演奏されますけど、コンチェルトでもシンフォニーでも、「第二楽章」というのは、割に緩やかで静かな曲調が多いですよね。アダージョと言いますか……。

それで、「第一楽章」というのは、たぶん、原爆が落とされて、戦争が終わって、それからの五〇年が「第一楽章」なんじゃないかという気がするんです。そこからの、例えば五〇年というのと考えると、戦争を知らない世代がとても多くなりますし、知っている人たちも戦争の記憶が薄れていく時期じゃないかなと思います。

そういうなかで、原爆のこととか、平和のこととかを語るのは、穏やかに静かに、「第二楽章」のように語っていくほうが、人びとの心に少しでも受け止められるんじゃないかというふうに考えました。それで「第二楽章」という題名をつけたんです。

桜井 やはり声高に言うと、若い人には拒否反応があるかもしれないですものね。

吉永 聞きたくないというのもあるかもしれないですものね。

劇画とかテレビなどでも、戦争を、なんと言うんでしょうね、リアルなものではなくて、CGみたいな感覚で映し出されることがありますでしょう。

だから、う〜ん、そういうことではなくて、こんなことがあったんですよというのを、どぎついものではなくて、逆に、美しいものから感じてもらえればと思います。

桜井 でも、そういう活動をされている一方で、確実に、戦争、あるいは原爆については、記憶が風化していっているように実感するのですけれども、いかがでいらっしゃいますか?

吉永 どんなことが起こったかということ、子どもたちは知りませんからね。

前に、「ヒロシマナガサキ」(スティーヴン・オカザキ監督、二〇〇七年公開)というドキュメンタリー映画を観たのですが、渋谷のスクランブル交差点あたりで、若い女の子に聞いているんです、「一九四五年八月六日って、何があったか知ってる?」って。

そのときに、「エー、知らない。エッ、地震?」っていう少女たちの答えがあって、なんか、もうとっても残念で、それはないよね……って、思ってしまいました。

この国に生まれて、あんなに大勢の方たちが苦しんで亡くなった、あの原爆というものを、みんなが知っていなきゃいけないし、もう二度と原爆が落とされないような世の中を、みんなで願いましょうって考えなきゃいけないと、そのドキュメンタリーを観て強く思いました。

子どもたちが知らないのは、子どもたちの責任ではないと思うんです。そのご家族とか、学校でも、やっぱり、あんまり教えていないのかも知れませんし。もう私なんか小さな小さな力ですけれども、でも、朗読をすることによって、聞いてくれた子どもは、「あぁ〜、なんかあったんだな」というふうに分かってくれて、それが、大人になったときに、大きくなるんじゃないかなと思うんです。

語り継ぐ活動は海外にも

吉永さんの「原爆詩」の朗読は、海外へも広がっています。二〇一一年一〇月、イギリスのオックスフォード大学で開かれた朗読会では、音楽家の坂本龍一さんが共演してくれました。

坂本龍一さん

つばめさん　つばめさん　つばめさん
あなたがいたみなみの国に
もしや
わたしの子どもが
帰るのを忘れてあそんでいやしないでしょうか
あの子はものおぼえのいい子だから
きっとわたしを思い出してくれるでしょうけれど

子どもたちよ
あなたは知っているでしょう
正義ということを

正義とは
つるぎをぬくことでないことを
正義とは
〝あい〟だということを

――「慟哭」より――

吉永さんの朗読を聞いた学生は、「吉永さんの感情表現が素晴らしくて、本当に感動しました」「私たちが、人間として共通の歴史の部分を世界中に伝えることは重要だと思いました」と語ってくれました。

吉永　こういう詩があるということと、日本が原爆を受けたということを、日本の若い子さえも知らないわけですよね。

だから海外の学生さんたちに、少しでも、卒業後も何かの形で心に残ってくれたら、どんなに嬉しいかと思います。

第四章　福島の詩を読み始めて

桜井　吉永さんは原爆詩の朗読を続けていらっしゃいますけれども、二〇一一年三月の東日本大震災以降は、東京電力福島第一原発事故の影響を受けた福島の人たちが書いた詩を読み、新たな核の惨禍を語り伝える活動を始めていらっしゃいます。

井上ひさしさんのふるさとでの朗読会

二〇一四年一二月、山形市でおこなわれた朗読会「祈るように語り続けた

い　ヒロシマ、ナガサキ、そしてフクシマ」に吉永さんの姿がありました。

朗読会の会場となるのは、客席五〇〇程の小さなホール。山形出身の作家・井上ひさしさんの、ふるさとでの活動拠点として作られた場所です。

井上さんは、「父と暮せば」「紙屋町さくらホテル」といった戯曲や朗読劇「少年口伝隊一九四五」など、広島への原爆投下をテーマにした作品を発表し、広島、長崎の原爆を伝えていくことに情熱を傾けていました（二〇一〇年四月に逝去）。

その井上さんは生前、このホールで吉永さんに原爆詩を朗読してほしいとお願いしていました。その願いが六年越しにようやく実現したのです。

朗読会には、地元の小学校や合唱団の子どもたちも参加します。そして、福島などから山形に避難しているおよそ四〇人が招待されました。

吉永　みなさまこんにちは。今日は雪の中ようこそいらっしゃいました。広島と長崎の詩を朗読させていただきます。聞いてください。

逝《い》ったひとはかえってこれないから
逝ったひとは叫ぶことが出来ないから
逝ったひとはなげくすべがないから

生きのこったひとはどうすればいい
生きのこったひとはなにがわかればいい

生きのこったひとはかなしみをちぎってあるく
生きのこったひとは思い出を凍らせてあるく
生きのこったひとは固定した面《マスク》を抱いてあるく

——「慟哭」より——

吉永　原爆のことをよんだ詩を読みました。

二〇一一年に東北では大きな地震が起きて、原発事故が起こり、たくさんの方が亡くなり、ふるさとを追われました。

一日も早く、いい状態に戻れるように、わたしたちが震災のこと、事故のことを忘れないでいるということが、とても大事だというふうに思っています。


東日本大震災以降、吉永さんは原爆詩に加え、新しい詩を読むようになりました。福島の原発事故で被害を受けた人たちがつづった詩です。

「原発難民」

佐藤紫華子《しげこ》

仕事が　ありますよ
お金を　澤山あげますよ

甘い言葉にのせられて
自分の墓穴を掘るために
夢中になって働いてきて
原発景気をつくった
あの頃………

人間が年を取ると同じように
機械も年を取るということを

考えもしなかった
技術者たち！
ましてや
大地震、大津波に
襲われるとは………

地震国であり
火山国であるという
基本的なことを
忘れてしまった国の末路か………

私たちは
どこまで逃げれば

いゝのだろうか

追いかけてくる放射能
行く手を阻む線量

見えない恐怖！
匂わないもどかしさ！
聞こえない焦立たしさ！

私たちは安住の地を求めて
どこまで
いつまでさすらうのだろう

＊佐藤紫華子……一九二九年樺太生まれ。原発事故で福島県富岡町から避難し、二〇一一年九月からいわき市の仮設住宅に住む。『原発難民』（二〇一一年七月）『原発難民のそれから』（同年一二月、いずれも自費出版）、『原発難民の詩［うた］』（二〇一二年七月、朝日新聞出版）という詩集を出版している。

「小さい私」　　和合《わごう》亮一《りょういち》

小さい私が
夢中で　野山を走り回って
網を振り回して　虫かごを提げて
息を切らせている

小さい私が

川べりで　石をひっくり返して
透きとおるような海老を見つけて
はしゃいでいる

小さい私は
森の木陰に　橋の下に
行こうとする　行っちゃ駄目だ
大きい私が叫ぶ

まだ　除染も　何も　始まっていない
小さい私に　説明している
大きい私は　小さい私を
胸にしまいこむ

おい
風と土と水を返してくれ
もっと
大きな私に言う

＊和合亮一……一九六八年福島市生まれ。福島市在住の高校の国語教師であり、詩人。『AFTER』（一九九八年、思潮社刊）で第四回中原中也賞、『地球頭脳詩篇』（二〇〇五年、思潮社刊）で第四七回晩翠賞を受賞する。三・一一東日本大震災以降、福島からツイッターで発表した「詩の礫」と題する連作が話題となる。震災後の活動について、みんゆう県民大賞、ＮＨＫ東北文化賞などを受賞。詩集やエッセイ集など著書多数。

「ふるさと」　佐藤紫華子

叫んでも　叫んでも
届かない

泣いても　もがいても
戻れない

ふるさとは
遠く　遠のいて

余りにも　近くて
遠いふるさと

あのふるさとは
美しい海辺
心の底の
涙の湖に　ある

吉永さんはこの日、福島の子どもたちが書いた詩を、初めて朗読しました。舞台の袖で出演を待つ合唱団の子どもたちが、真剣な眼差しで朗読に聞き入っています。涙を浮かべる子もいました。

「福島」　　小学六年　小原隆史《たかふみ》

今も原発という戦車は
放射能という弾をうち
人々の心をうちぬく
もがいても　もがいても弾は来る
休むことなくうってくる
だけど
僕はくじけない　あきらめない　みすてない
福島は負けない
ぜったいに負けない

原発をおさめてこそ

ほんとうの平和を知り
見えないものも見えてくる
なき顔だった僕たちも
笑顔になる
みんなが笑顔になってくる
そんな福島になる

きっと

「あなたの手と私の手を」

高校一年　吉田桃子

さんてんいちいち
たった八文字の言葉は私たちからどれくらいのものを
奪っていったんだろう

あの日
空がゆれた
大地がゆれた
森がゆれた
海がゆれた
風がゆれた
光がゆれた

ふくしまがゆれた
私がゆれた

手の平からこぼれたものはもう戻ってはこないのです
と誰かがいった
手の平から消え去ったものはもう戻ってはこないのですか
と私はきいた
手の平に残ったものをもう失わないように手をつなごう
とあなたが笑った

今

立ち上がれ

前を向け
手をつなげ

これが私の第一歩

朗読会の最後は、地元の子どもたちと一緒に合唱する「ふるさと」。吉永さんがこの歌を選びました。

ふるさとを取り戻してほしい！

吉永さんは強い願いを込めました。

山形の子どもたちと一緒に「ふるさと」を合唱した吉永さん

新しいCD「福島の詩」

吉永さんはこれまでに、広島・長崎の原爆、沖縄戦をテーマにした三枚の朗読CDを制作してきました。四作目は「福島の詩」。暮れも押し迫った二〇一四年一二月二〇日、吉永さんはレコーディングに向けて打ち合わせをおこなっていました。

今回音楽を担当するのは、尺八演奏家であり作曲家の藤原道山《どうざん》さん。尺八の新境地を切り開いてきた気鋭のアーティストです。吉永さんは福島の詩には和の楽器が合うと思い、道山さんに音楽をお願いしました。

曲を披露する藤原道山さん

吉永　道山さんの演奏を聴いていると、胸が熱くなって、朗読に感情を入れすぎないようにするのが難しいぐらい、すごく胸に響きます。

道山　どうしても尺八とか和楽器って、語りすぎてしまうところがあるので、それをちょっと抑える……、どうやったらもうちょっと一歩引けるかなっていうのが、今のところいろいろな課題にはなってるんですけど、はい。

吉永　今回は、福島という、四年近く前に起きたとても悲しい事故のなかの詩だし、ふるさととか、その土地で生きている人たちの思いを伝えることがすごく大事だと思ったんですよね。

原発事故の被災地・福島県葛尾村を訪ねた吉永さん

吉永さんは、この打ち合わせの前の日に、原発事故の被災地へ自ら足を運んでいました。被災者の思いを、あらためて肌で感じたいと考えたからです。

吉永 どうしてこのまま放ってあるんでしょうっていうような、置き去りにされてる場所がたくさんあって……。だから、私たちが忘れないで寄り添っていかなきゃいけないって強く感じました。

新しいCDのイラストは、今回も男鹿和雄さんにお願いしました。

吉永 さくらが入ってね。ふるさとの山や川がそこに描かれてるような……。男鹿さんは、そういうものがとてもお得意な方だから、そういう風景を一番表紙には使いたいのね。

男鹿さんは、ジャケットの表紙に、福島の「原風景」を描こうとしています。この日までに画を完成させる予定でしたが、届いたのはラフスケッチでした。男鹿さんは締め切りの前に必ず仕上げる方ですが、進行が滞ったのは初めてのことです。

吉永　もうね、あの福島の景色を見たら、男鹿さんのお気持ちは分かります……。そこから希望を見つけて、作っていくというのは大変なことですから……。

だけど、これからまた、もとの福島に、という思いを伝えていかなくてはね。

人びとの関心が薄れつつある福島の原発事故。ここでも、吉永さんの風化とのたたかいが始まっています。

桜井　広島、長崎、沖縄に続いて、福島の詩を読み始めて、被爆国・日本での核の惨禍として語り伝えられていますね。

吉永　はい。やっぱり「核」の問題だと思うんですよね。

はじめは「核の平和利用」ということで、被爆者の方たちも、あの恐ろしい核兵器を平和的に利用するんだったら、逆にもっと素晴らしいことになるんじゃないかって思われた。それで原子力発電が生まれたって知ったのですけれども。

でも、やっぱり核というのは、人間とは共存出来ないもので、いったん被害が起きたら、そこには住めなくなってしまうんだってことを改めて感じました。

いま日本にはたくさんの原子力発電所がありますけれど、みんなでこの問題についても、いろんな考え方があると思いますけど、どうすれば一番いい道が選べるのかを考え、何よりもこう、う～ん……、経済よりも何よりも、福島の人たちのことを思って、私たちが行動をすることが必要だと思います。

それにはいろんな方法があると思うんですけれども、何かそういう方法を見つけたいですよね。そうじゃないと、福島の人たちだけが置き去りにされてしまうような、そんな怖さを感じています。

これを乗り越えるにはどうしたらいいっていうのを、私には分からないのですけど、ただ、みんなで考えていく、寄り添っていくということが大事だと思います。

新たな核の惨禍を伝える吉永さんの朗読CD「第二楽章　福島への思い」は、震災から四年の二〇一五年三月一一日に発売されています。

「第二楽章　福島への思い」
2015年3月11日発売
©ビクター エンタテインメント

エピローグ――平和への祈り

桜井　最後に、戦後七〇年の節目の年にあたってのご自身の抱負を伺いたいと思います。

今年は、長崎の原爆をテーマにした映画に出演されますね。

吉永　はい。山田洋次監督の「母と暮せば」という映画です。原爆で息子を失った母親の役で出演します。

戦後七〇年という年に、この作品に出演するということは、なんていうのかな……、口では表せない思いがあります。

山田監督たちとみんなで心合わせて、いい映画を作りたいと思います。

桜井　女優としてのお仕事、そしてもう一つの大切な活動としてやってこられた原爆詩の朗読、それが一つになられるわけですよね。

吉永　巡り会わせというか、神様がそういうふうに考えてくださったのかしらと思ってます。

だから、長崎の方たちも、今度の映画をとても喜んで下さっています。今まで、長崎ではたくさんの朗読会をしてきましたけれども、それと映画が重なって、長崎の原爆のこともきちっと伝えていけるかしらという思いですね。

桜井　タイトルを聞いて、井上ひさしさんの名作中の名作、「父と暮せば」というお芝居のことを思い出してしまいました。「父と暮せば」には、原爆投下で死んでしまった父と生き残った娘の二人が登場します。一人生き残った負い目から恋をすることも禁じていた娘に、父親が「むごい別れが、まこと何万もあったっちゅうことを覚えてもらうために、生かされとるんじゃ」「それを伝えるのがお前の仕事じゃろが」と前向きに生きることを諭す場面がありますね。

被爆者の気持ちを代弁するような台詞だったと思うのですが、ＮＨＫに井上ひさしさんが被爆された方々に対する思いを語っていらっしゃる映像が残されていました。

「被爆を伝える意味」に思いを巡らす井上ひさしさん

（二〇〇五年のインタビューから）

井上　人間のあらゆる悲しい極限が広島と長崎に一挙に起こったということですね。

こういう苦しいことが、世界中のほかの人たちの上に起こらないようにというところが、僕は、広島・長崎の被爆者の、そのなんでしょうね……、仕返しじゃなくて、こんなひどいことが、他に起こっちゃいけないという、これは人間として実にすごい考えですから。

被爆者の方は、あれほど苦しんだあげくに、これをとにかくみんなに覚えてもらおうと。

二度と起きちゃいけない、という祈りを理解してほしいとおっしゃってるわけですから、その祈りを僕らも受け取って、それでとにかく人間っていうか、地球の上で、こんな苦しみはもう二度と起きちゃいけないというふうに、やはり、そう……、これは一つの信仰ですね、ある意味では。

うん。それを僕らは受け取って、受け取ることによって、心で被爆者の方と、これは僭越《せんえつ》ですけど、一〇〇分の一ぐらいの理解ですけれども、やっぱりつながっていけるんですよね。

井上ひさしさん

吉永　そうですね、やはり、祈る……、祈りながら語り継いでいくということの大切さを、井上さんがおっしゃってましたけど、私自身も実際に体験してないわけですから、本当に祈るしかありません。そういう思いの中で、少しでも少しでも、このことをみんなに、次の世代に、残していきたいという思いでいます。

粘り強くやらないとこれは駄目ですから、いろんな協定が出来て、核兵器の取り決めとかも出来ますけれども、最終的には核廃絶になって、地球の人たちがもっともっと、核兵器だけじゃないのですけど、争いの中にいないということが実現されれば、どんなにいいだろうと願いながら、この戦後七〇年という年を過ごしたいと思います。

桜井　お話を伺ってまいりましたけれども、これからどんな思いで原爆詩をお読みになるのか、改めて伺うとどういうことになりますかしら？

吉永　私自身が読むことによって、少しでも聞いて下さる方の胸に届いて、そして、それがなんらかの形で残ってくだされればという、その思いだけですね。

桜井　粘り強くとおっしゃいましたものね。

吉永　はい、とにかく粘り強くしないとダメです。

私は、本当はせっかちなんですけどね。でもこういうことに関しては、しっかりと粘り強く続けていきたいと思います。

「希望」　　小学四年　熊本莉奈《りな》

みんなが不安な時や
みんながなやんだ時は、
心のとびらを開ければ
だいじょうぶきっときっと
だいじょうぶ
みんながはげましてくれるから

みんながみんな
希望を持っているから
みんなで力をあわせれば
みんなで心をあわせれば
きっときっとだいじょうぶ
みんなで楽しい事を
歌にしよう
みんなでいっぱいゆめをみて
想い出いっぱい作っちゃお

NHKアーカイブス「戦後70年　吉永小百合の祈り」
（総合テレビ　2015年1月4日放送）

●番組制作スタッフ

ディレクター　谷 卓生
　　　　　　　伊賀俊徳
制作統括　飯島淳文

＊作品の収録にあたり、坂本はつみ様、佐藤智子様、小園愛子様、下田秀枝様の著作権継承の方の所在がわかりませんでした。ご存知の方がいらっしゃいましたら、新日本出版社までご一報くださいますようお願いいたします。

吉永小百合《よしながさゆり》の祈《いの》り

2015年12月15日　初　版

編　　者　NHKアーカイブス制作班
発 行 者　田所　稔
発 行 所　株式会社新日本出版社
〒151-0051　東京都渋谷区千駄ヶ谷 4-25-6
営業 03(3423)8402 ／ 編集 03(3423)9323
info@shinnihon-net.co.jp ／ www.shinnihon-net.co.jp
振替 00130-0-13681
印刷・製本　光陽メディア

落丁・乱丁がありましたらおとりかえいたします。

ISBN978-4-406-05952-7　C0095　Printed in Japan